Dolores Soler-Espiauba

Moros y Cristianos

DIFUSIÓN
Centro de Investigación y Publicaciones de Idiomas
C/Trafalgar, 10, entlo. 1ª 08010 Barcelona
E-mail: editorial@difusion.com
www.difusion.com

Colección **"Venga a leer"**
Serie "Hotel Veramar"

Diseño de la colección y cubierta: Ángel Viola
Agradecemos al Institut Turístic Valencià
las imágenes de Moros y Cristianos que
ilustran la novela.

5 6 7 8 9 10 11 12 13 / 2008 2007 2006 2005 2004

ISBN: 84-87099-84-X
Depósito Legal: M-6.346-1995
Printed in Spain por Torres i Associats, S. L.

El **Hotel Veramar** es un pequeño hotel familiar, situado en Mojácar, pueblecito blanco y pintoresco de la costa mediterránea, en el este de Andalucía.

Cari es la recepcionista del hotel. Es una estudiante simpática y valiente, de carácter abierto y comunicativo, que trabaja todos los veranos en el Veramar, para poder pagarse los estudios de idiomas e informática, ya que su madre, viuda y con varios hijos aún en casa, no puede hacerlo.

Cari tiene veintiún años, tiene un físico muy agradable, es morena, con unos grandes ojos castaños expresivos y con una sonrisa muy bonita. Pero tiene un serio problema: su estatura. Mide 1,55 metros y esto le produce un terrible complejo de inferioridad, pues siempre se enamora de chicos altísimos como, por ejemplo, Eneko, el cocinero vasco del hotel.

Eneko, además de ser alto, guapo, cocinero y vasco, tiene una moto, una potente Yamaha que muchas veces jugará un papel importante en las aventuras vividas por Cari y otros personajes del hotel.

El dueño y director del hotel es **Don José Roig**, un hombre silencioso y poco comunicativo, del que no sabemos gran cosa, pero que parece tener un pasado complicado.

También trabaja en el Hotel Veramar **Paco**, que ha sido emigrante en Alemania muchos años y que ahora hace de todo un poco: jardinero, chófer, fontanero, cuidador de la piscina, etc.

Otro personaje importante y que anda siempre por los pasillos, enterándose de todo, es el gato **Regaliz**, un gato negro muy simpático.

Y además, estos días tiene Cari una ayudante en la recepción, una chica típicamente americana, **Gisela Duque**, que a veces pone muy nerviosa a Cari con su ingenuidad y sus preguntas.

Hace mucho tiempo que Cari no ha tenido vacaciones, pero esta vez va a aprovechar la semana de permiso con que Don José recompensa sus buenos servicios, para aceptar la invitación de **Ramón**, un joven profesor alojado en el hotel, que la lleva a su pueblo, Villajoyosa, donde asistirá a las famosas fiestas de "Moros y Cristianos", típicas de la región de Alicante y donde vivirá una aventura realmente emocionante.

1

Hoy Cari está contenta, muy contenta. Por fin va a tener vacaciones, una semanita de vacaciones. No es mucho, pero como en verano trabaja en el Hotel Veramar y durante el curso tiene que estudiar, no pensaba poder tener estos días de descanso inesperados. Ha sido una buena sorpresa.

Don José, el director del Veramar, que está muy contento con la seriedad y la profesionalidad de Cari, ha decidido darle una semana de vacaciones pagadas, aunque Cari sólo trabaja durante el verano, y poner en la recepción durante esos días a Gisela Duque, una estudiante norteamericana que está estudiando hostelería y turismo y que además necesita practicar el español.

Una semana, la verdad, no es demasiado tiempo, o sea, que hay que aprovecharla bien. ¿Qué puede hacer Cari en esta semana? No puede ir muy lejos, dispone de poco dinero, porque está ahorrando para pagar las clases de la academia a partir de octubre. Y los libros también son caros. Por todo eso, no puede pensar en aviones, trenes de lujo, cruceros por mares exóticos y estancias en hoteles de cinco estrellas.

Ir a su casa, a Cartagena, unos doscientos kilómetros más al norte, no significa un gran cambio. Además, tendría que ayudar a su madre en casa, visitar a los abuelos y a los numerosos tíos y primos, y soportar las preguntas de las amigas y vecinas de su madre, siempre *metiendo la nariz donde no las llaman* (1).

– ¿Qué tal en Mojácar?

– ¿No tienes novio?

– ¿Cuándo te casas?

No. Quiere mucho a su madre y a sus cinco hermanos, pero prefiere unos días de libertad, de independencia y de vida personal.

2

Esta tarde, después de terminar su trabajo, Cari ha ido a una agencia de turismo que está cerca del hotel. Parece bastante seria y tiene buenos precios.

– Buenas tardes. ¿En qué puedo ayudar*te?* (2) –pregunta la empleada.

– Hola, buenas tardes. Verás, tengo una semana de vacaciones y no sé dónde ir... ¿Qué me aconsejas para no gastar mucho dinero y pasarlo bien?

– Sin gastar mucho dinero... Vamos a ver, vamos a ver. Tengo aquí algunas ofertas interesantes. Y la empleada de la agencia consulta guías y folletos.

– Aquí tengo algo que a lo mejor puede interesarte. Viaje a Galicia en autocar, *Rías Bajas* (3), Vigo y Santiago de Compostela. Hoteles de tres estrellas y un precio francamente competitivo.

– Sí, pero en Galicia siempre está lloviendo y a mí en verano me gusta el sol, ¿sabes?

– Bueno, en Galicia puede haber veranos mejores o peores, es cuestión de suerte. Pero bueno, no hay problema, tú decides. Vamos a ver... Tengo esto -y le presenta un folleto–. Si te gusta caminar, una semana de acampada y marcha en el Pirineo Catalán: monitores especializados, posibilidad de hacer alpinismo, descenso de torrentes en canoa, participantes jóvenes y deportivos...

– No, lo siento, de verdad. Eso tampoco me va. Estoy trabajando mucho últimamente y me encuentro cansada. Necesito descansar, necesito dormir por la noche en una cama de verdad, no en una tienda de campaña.

– Bueno, pues en ese caso, una visita a las principales ciudades andaluzas: Sevilla, Córdoba, Granada... Ahí, seguro que no llueve. Además, los hoteles son buenos y podrás descansar de noche.

– Claro, claro. Pero ya conozco Sevilla, Córdoba y Granada. Necesito algo nuevo, algo diferente, salir de Andalucía que es mi lugar de trabajo...

La señorita de la agencia parece no tener más recursos

y le sugiere:

– Llámame mañana. Voy a consultar mis catálogos y seguro que te encuentro algo de aquí a entonces.

– Gracias. ¿Te puedo llamar sobre esta hora?

– Perfecto, espero tu llamada.

– Bueno, pues gracias una vez más. Hasta mañana.

– Hasta mañana.

Cari vuelve al hotel un poco desilusionada.

3

En la recepción está Gisela, que está aprendiendo a manejar el ordenador y está clasificando nombres de clientes y fechas de llegadas.

Gisela es de Los Angeles y sabe mucho de terremotos. Ha conocido varios en California y dice que lo mejor cuando tiembla la tierra es meterse debajo de una mesa. Ayer pasó un enorme camión por delante de la puerta del Veramar y Cari se encontró a Gisela debajo de la mesa de la recepción. Gisela también está aprendiendo a tocar el piano, pero como en el Veramar no hay piano, toca el sintetizador que sirve para las bodas y las comuniones. Pero sólo sabe tocar una canción: "Amapola", y la toca en cuanto tiene un momento libre. Los clientes del hotel empiezan a estar un poco hartos de "Amapola".

Cari la mira, es morenita y graciosa, con un tipo muy yanqui. Pero Dios mío, esas bermudas hasta la rodilla, esa horrible camiseta, que parece un saco, los calcetines hasta media pierna y esas enormes zapatillas de deporte... No, no es posible vestirse así para trabajar en la recepción del Veramar.

– Mira, Gisela, si me lo permites, te voy a dar un consejo: aquí vas a tener que vestirte de otra manera... No estás en el campus de *UCLA* (4). ¿Comprendes?

No, Gisela no comprende. La mira con sus grandes ojos muy abiertos.

– ¿Y eso qué importa? Lo importante es hacer bien el trabajo, ¿no?

– Por supuesto. Pero es que aquí, en Europa... bueno, se le da más importancia a la forma de vestir. En cada situación hay que vestirse de un estilo diferente. ¿Entiendes?

No, Gisela no entiende.

– No, no mucho, la verdad. Pero va a ser igual, porque sólo me he traido vaqueros, bermudas, camisetas y... ¡Ah, sí! Tengo un traje precioso, el de las fiestas de la Universidad. Verás. Es así... largo hasta los pies, de tul rosa... Se llama tul, ¿verdad?
Con los hombros al aire y una flor aquí, en la cintura.

– Para, para, por favor. Seguro que también te pones unos zapatos dorados de tacón alto. ¿A que sí? Bueno, pues olvídate. Olvídate, que eso tampoco te sirve para trabajar aquí, ¿vale? Ven a mi cuarto y te prestaré algo. Tenemos más o menos la misma talla, ¿no?

– No, yo soy bastante más alta –contesta la americana.

Cari prefiere no responder, pero al pasar delante del

espejo se mira y murmura desesperada:

– Qué cruz, Dios mío, qué cruz.

Suben al cuarto de Cari y ésta abre el armario.

– Mira, puedes elegir entre estas dos faldas, una larga y otra corta. La corta es un poco mini y como tú tienes las piernas un poquito gordas... Mejor la larga. Aquí tengo esta blusa de algodón y también esta chaqueta de manga corta... Es muy fresca y no da nada de calor... Me la regaló mi hermana Paloma por mi cumpleaños. Pruébatela si quieres.

Gisela no parece muy convencida.

– Me parece que los europeos os complicáis demasiado la vida. Lo importante es sentirse bien. Ah, y no tengo las piernas gordas, las tengo musculosas y fuertes de hacer deporte. Aquí en Europa parecéis viejas las chicas, nunca hacéis deporte.

Cari traga saliva mientras Gisela empieza a probarse la ropa.

De pronto, se abre la puerta y aparece *Regaliz* (5), el gatito negro del hotel, que apareció un día, cuando era muy pequeño, sin saberse de dónde venía. Lo encontró Paco abandonado en el jardín.

– *¡Oh, how cute!*

– Es nuestro gato, se llama Regaliz. No se sabe de dónde viene, ni quién es su madre, pero es muy importante en el hotel.

– Qué divertido es, con esos bigotes tan largos y esos ojos verdes. Bueno, la blusa no me queda mal, y la falda corta estupenda para presumir de piernas... ¿Me las prestas?

– Claro –dice Cari tragando más saliva. Coge en brazos a Regaliz y bajan los tres a recepción.

4

Cuando bajan Cari y Gisela, Eneko, el cocinero vasco, está esperándolas en recepción.

– ¡*Hello*, Eneko! ¿Me preparas un *Giant Cheeseburger* con mucho *ketchup*?

– Ni loco. Una cosa así jamás saldrá de mi cocina.

– ¿Y se puede saber por qué?

– Porque aquí se hace buena cocina. Buena cocina vasca, que es la mejor.

– Ya empezamos –murmura Cari entre dientes.

– ¿Decías algo...?

– No, nada... Nada.

– Bueno, pues lo que estaba diciendo. En este hotel no se comen ni *hamburguesas* (6), ni pizzas industriales ni otras porquerías... ¿Vale?

– Vale, hombre, vale. No te enfades. Pero cada vez estoy más convencida de que los europeos os complicáis demasiado la vida: la comida, la ropa... Huy, huy.

Eneko decide cambiar de conversación y le pregunta a Cari:

– ¿Y por fin sabes dónde vas de vacaciones?

– Qué va. No es tan fácil, ¿sabes? Por sólo una semana sólo me proponían Las Rías Bajas, o acampadas en el Pirineo o... las capitales andaluzas... Nada de lo que a mí me apetece.

– Vaya, hombre. Tendrás que quedarte en el Veramar con nosotros.

– Eso sí que no –responde Cari riéndose.

5

En ese momento entra en el hotel un joven cliente y pide su llave.

– ¿*Me das* (7) la ciento doce, por favor?

– Hola, Ramón. ¿Qué tal las clases?

– Bien, pero ya se acaban... A propósito, ¿me puedes preparar la cuenta? Me voy mañana.

– ¿Ya te marchas? ¿Tan pronto?

– Bueno, el cursillo se ha terminado hoy y además hay fiestas en mi pueblo y no me las quiero perder. Son fabulosas. Voy todos los años allí por estas fechas, nunca falto. Es una semana de *marcha* (8) increíble. Nadie duerme... Todo el mundo está en la calle: niños, viejos, todos... Hay música, fuegos artificiales, desfiles, bailes...

– Qué divertido, ¿y cómo se llama tu pueblo?

– Villajoyosa, en la provincia de Alicante. Son las fiestas de "*Moros y Cristianos*" (9).

– Ah, sí, me suena eso de "Moros y Cristianos"... Se celebran en toda la región de Alicante, ¿verdad?

– Exacto. En Alcoy, en Denia, en Altea, en Benissa,

en Jávea... En muchos sitios más. Pero las de Villajoyosa son las mejores.

– Bueno, eso lo dirán todos –se ríe Cari.

– ¿Y por qué se llaman "Moros y Cristianos"? –pregunta la americana, que todo lo quiere saber.

El chico explica:

– Pues porque recuerdan la llegada de los árabes a España, invadieron el sur de la Península y su ocupación duró nada menos que ocho siglos, fíjate.

– ¿Y cuándo fue eso?

– Pues entre el año 711 y el 1492.

– ¿Después del nacimiento de Cristo? –pregunta Gisela con los ojos como platos.

– Sí, mujer. Pero justo antes de descubriros a vosotros –interviene Cari, por fin victoriosa.

Hay un largo silencio y después Cari pregunta:

– Oye, Miguel. ¿Hay hoteles en tu pueblo?

– Pues claro, a ver qué te crees. Hay un Eurotenis, hay varios de superlujo al borde del mar, hay algunos de tres estrellas y también hostales y pensiones. En realidad no es un pueblo, es una pequeña ciudad, ¿sabes? Y muy turística en verano. Pero, ¿por qué me lo preguntas?

– Es que precisamente estoy buscando un sitio divertido para pasar una semana de vacaciones, y... nunca he visto unas fiestas como ésas, deben ser geniales.

Eneko interrumpe:

– ¿Pero no decías que querías unas vacaciones tranquilas, dormir mucho y no sé qué más?

– Hombre, dormir mucho, dormir mucho... Tampoco es eso.

Ramón interviene:

– Lo malo es que en estas fechas está todo lleno y es muy difícil encontrar habitación... Pero ahora que me acuerdo... Mi hermana María José está haciendo el *COU* (10) en *EEUU* (11) y su habitación está libre. ¿Por qué no te vienes a mi casa? A mis padres les encantará conocerte. Tengo otra hermana, Blanca, que es de tu edad más o menos y un hermano más pequeño, Salvador.

– *Me da un poco de corte* (12) presentarme así, sin conocerlos...

– Me conoces a mí, ¿no? Y además mis padres son gente muy abierta, siempre hay amigos nuestros en casa y también primos y compañeros de clase... Verás cómo te lo pasas bien con nosotros.

A Cari le brillan los ojos.

– Bueno, si me lo pones así de fácil...

– Anda, prepara la maleta rápido, que nos vamos mañana -y sube a su habitación.

6

– Vacaciones tranquilas, vacaciones tranquilas... Eso no te lo crees ni tú –gruñe Eneko.

Cari está a punto de responder, pero Gisela pregunta:

– Bueno, pues ya que no puedo comer un *Giant Burger*, ¿qué me propones para esta noche, Eneko? Me estoy muriendo de hambre.

– Esta noche, mi querida Gisela, vas a probar algo que nunca ha comido nadie en tu Kansas City o en tu Minnessota...

– Oye, oye... Que no soy ni de Kansas City ni de

Minnessota. Soy de Los Angeles, California. Y a ver si te crees que allí no se come.

– Se come, se come, claro. Pero mal, muy mal. Ya hablaremos algún día de la dieta americana y de la dieta mediterránea... Pero bueno, te voy a contar lo que tenemos hoy para cenar: "Filetes de salmón fresco en papillote con albahaca", receta de la cocina vasca.

– Lo de papillote suena vasco *total* (13).

Eneko lanza una mirada asesina a Cari y sigue:

– Coges un cuadrado de papel de aluminio suficientemente grande para cada filete. El salmón tiene que estar fresquísimo. Le pones a cada filete sal y pimienta, unas gotas de zumo de limón, un chorrito de vino blanco seco...

– Yo no sé si voy a encontrar albahaca en el barrio donde vivo en Los Angeles –protesta Gisela.

– Seguro que no –corta Cari.

– ¿Me dejáis seguir? –se enfada Eneko.

– Es que tampoco sé lo que es albahaca...

– En latín se llama *basilisca*, que viene del griego *basiliski*. Albahaca es el nombre árabe de la planta –explica Cari con aire doctoral–. Los italianos la utilizan mucho en su cocina, para las salsas, por ejemplo.

Los dos la miran un buen rato con la boca abierta y por fin Eneko reacciona:

– Qué cosas sabes... Bueno. ¿Por dónde iba?... Un chorrito de vino blanco seco, dos cucharadas grandes de maíz en lata...

– En Estados Unidos comemos muchísimo maíz.

– Muy sano. No me interrumpas... Un chorrito de vino blanco... Añades una cucharada de cebolleta muy bien picada, otra cucharada de nata líquida y unas hojas de albahaca fresca...

– ¿Qué es un chorrito? –pregunta Gisela.

– Pues un hilo de líquido que sale de la botella muy lentamente. Anda, Eneko, continúa.

– Doblas muy bien los bordes del papel de aluminio para que quede un paquete bien cerrado y metes todos los paquetitos en el horno caliente durante veinte minutos. Para acompañar puedes hacer un arroz blanco o una ensalada de endibias. ¿Qué te parece?

– Bueno, algo para, para...

– *Para chuparse los dedos* (14) –completa Cari.

– Eso, para chuparse los dedos, o *de rechupete*. Mi abuela, que es mejicana, lo dice siempre que le gusta mucho lo que está comiendo. Creo que voy a montar un restaurante vasco en L. A., Eneko.

– Estupendo, Gisela. ¿Me llevas a mí de *chef*?

– Bueno, pues yo me voy a hacer el equipaje. Hasta luego.

– Hasta luego, Cari.

7

Son las diez de la mañana. El coche de Ramón, un Toyota rojo, está delante del hotel. Abre el maletero, mete su maleta y la bolsa de viaje de Cari y también un gran paquete de libros.

– Qué horror, cómo pesan.

– ¿Has echado gasolina, Ramón?

– Todavía no. Podemos echar en la gasolinera a la salida de Mojácar.

– Si no te importa, podemos parar en un cajero automático, *estoy sin cinco* (15).

– Entonces echaré gasolina en el pueblo, mientras tú vas al cajero del banco.

Eneko y Gisela han salido a despedirlos a la puerta del hotel. También está Paco, con Regaliz en brazos.

– Adiós, Cari, que te diviertas –le dice Gisela, que no es rencorosa–. *Be happy*!

– Y tú también, Gisela –la mira de arriba a abajo–. Y a ver si haces un esfuerzo, mujer...

Gisela lleva hoy una gorra de béisbol con visera roja, una camiseta blanca con la cara de Mickey Mouse tamaño natural y unas bermudas a cuadros, además de las inevitables zapatillas de deporte.

– Qué cruz –murmura Cari. Y se sienta junto a Ramón.

– Ponte el cinturón de seguridad –le dice éste–. Nunca se sabe...

Eneko mete la cabeza por la ventanilla y pregunta:

– ¿Cómo dices que se llama tu pueblo?

– Villajoyosa... Está muy cerca de Benidorm y de Altea. ¿Por qué?

– No, nada... por curiosidad.

El coche arranca.

– ¡Buen viaje! –grita Paco. Y Regaliz no parece nada contento de ver a Cari marcharse.

– ¡Os mandaré una postal! –grita todavía Cari, y el Toyota desaparece en una curva.

8

Al llegar a la gasolinera, Ramón llena el depósito y paga con la tarjeta de crédito. Cari se acerca al cajero automático, que está al lado del Banco de Andalucía, introduce la tarjeta en la ranura, lee las indicaciones que aparecen en la pantalla, teclea su código secreto, espera y le dice a la máquina que quiere veinticinco mil pesetas. Espera otra vez y aparecen los billetes con un agradable ronroneo. Retira su tarjeta, retira el dinero y retira también un recibo con la operación bancaria.

"Qué fácil la vida moderna", piensa Cari. Vuelve al coche, donde ya la está esperando Ramón y continúan el viaje.

– ¿Y qué tal en *Roquetas de Mar (16)* este verano, Ramón?

– Estupendo. Había cantidad de estudiantes extranjeros y mucho ambiente. Creo que volveré el año que viene.

– ¿Tenías muchas horas de clase?

– Cuatro, solamente por la mañana. De diez a dos. Luego, después de comer: playa, siesta y...

– Y por la noche, bares de copas y discoteca. ¿A que sí?

– Lo has adivinado.

– ¿Y de qué dabas clase?

– De español a extranjeros, como siempre. Nivel principiantes y nivel avanzado.

– ¿Y cuál te gusta más?

– ¿Que qué nivel me gusta más? Pues no sé... Los dos. Con los principiantes es muy bonito, porque no saben nada cuando llegan a tu clase el primer día... Y después de cierto tiempo ves que ya pueden "sobrevivir" en la calle, en las tiendas... y que comprenden muchas cosas. Con los avanzados es otra cosa... Hay un intercambio con los alumnos, se puede hablar y discutir de todo... Y tú también aprendes muchas cosas. ¿Sabes? El profesor también aprende.

– ¿Hace mucho que trabajas en esto?

– Tres años nada más, desde que acabé la carrera. Pero espero poder seguir, porque me gusta mucho.

– Me imagino que al final del curso todas las chicas estarían enamoradas de ti, ¿no?

– Qué va. Casi todas tenían novio, o...

Cari lo mira de perfil. Tiene una bonita nariz recta y una espesa barba negra que le va bien a su cara. Los ojos y el pelo también son oscuros y tiene la piel bronceada por el sol de la playa. Es un tipo de hombre que siempre le ha gustado a Cari.

– Bueno, pues ya que quieres saberlo todo... Había una chica, una chica muy guapa... Me parece que era australiana o neozelandesa, algo así... Sally se llamaba y parecía interesarse por mí. El problema es que su novio, Ben, también estaba allí y...

– Y no le gustó la historia, claro.

– No, no le gustó nada. Además, era un tío muy raro. Pertenecía a una secta, "la Secta del León" creo que se llama... Solamente pueden pertenecer a ella los hombres y tienen que ser pelirrojos y medir más de 1,85 metros, fíjate...

– Qué cosas tan raras...

– Practican el judo, el kárate y otros deportes violentos, y además, sus mujeres no pueden hablar con otros hombres a solas.

– ¿Ni siquiera con amigos?

– Ni siquiera

– Pero Sally no está casada con ese tipo.

– Claro que no, no están casados. ¡Pero no te puedes imaginar! Un día, al salir de clase, porque iba hablando con ella, casi me pega...

– Qué fuerte.

– Yo creo que quería matarme. Estaba realmente como loco.

– Menos mal que se terminó el curso.

– Menos mal. Pero Sally al final... Bueno, hasta quería quedarse conmigo y no volver a su país. Fíjate si se entera el loco.

– Algo le dirías tú a ella para...

– No, no... Yo sólo le dije que era preciosa y esas cosas que se dicen a las chicas en las discotecas o en la playa, nada de particular...

– Ay, los hombres –suspira Cari–. Todos unos inmaduros.

9

La autovía primero y la autopista después, bordean la costa y el mar, intensamente azul, está siempre presente.

– Qué calor –dice Cari.

– Tienes razón, es insoportable. El próximo coche que me compre tendrá aire acondicionado. Pero mientras tanto, podemos darnos un bañito, ¿no?

– Genial.

Salen de la autopista, pagan el *peaje* (17), toman una pequeña carretera que lleva al mar y estacionan el coche cerca de la playa. Cari estrena un nuevo bikini, comprado en las rebajas del *Corte Inglés* (18).

– ¡Guauuuuu! ¡Qué guapa!

– Ojo, que a lo mejor mi Benjamín particular te está espiando y...

Cari entra en el agua templada y transparente y nada, nada mar adentro. Es buena nadadora, porque en Cartagena las playas están lejos de la ciudad y muchas veces la gente tiene que ir a bañarse en pequeños barcos, a sitios donde no se hace pie. Miguel no sabe nadar tan bien como ella y se queda cerca de la orilla, un poco avergonzado.

– Pareces un pez –le dice a Cari, cuando vuelve sacudiéndose el cabello corto.

– Qué va, parezco un perro. Mira –y se sacude nuevamente, mojándolo de agua salada.

Qué suerte estar de vacaciones, piensa Cari tumbada en la arena. El sol calienta, pero no quema y la vida es agradable. Al ponerse de pie, descalza, se da cuenta de que Ramón es mucho más alto que ella. Qué cruz, Dios mío, siempre el mismo problema.

– ¿Comemos algo en el *chiringuito* (19) de la playa? –le propone Ramón.

Se sientan al aire libre y piden gazpacho y sardinas asadas. Para beber piden cerveza, que es la mejor bebida contra la sed.

– Oye, qué rico está el gazpacho –dice Ramón.

– No sé... Mi madre lo hace mejor, tiene otro color. Y otro sabor también.

– ¿Y cómo lo hace? Porque yo creo que cada familia española tiene una receta diferente de gazpacho...

– Es verdad. Verás, mi madre mezcla en la batidora varios tomates muy maduros y pelados, con un pepino y un pimiento verde cortados en trocitos y tres o cuatro dientes de ajo, todo crudo. Después añade poco a poco vinagre, aceite de oliva, miga de pan mojada en agua y bastante agua fría.

– ¿Y qué especies lleva el gazpacho?

– Mi madre le pone sal, pimienta y un poquito de comino molido. Ah, y, sobre todo, tiene que estar muy frío. Hay que hacerlo varias horas antes y meterlo en la nevera, eso es fundamental. Luego, en el momento de servir, se adorna con pedacitos muy pequeños de pepino, cebolla, pan, huevo duro... y queda precioso. Pero tienes razón, cada cocinera tiene una receta de gazpacho diferente.

– Has dicho “cocinera” y no “cocinero”... Pero en el Hotel Veramar el que guisa es un hombre...

– Sí, pero nunca hace gazpacho. No le gusta la cocina del Sur...

– Qué pena, no sabe lo que se pierde... ¿Nos trae la cuenta y dos cafés, por favor? –le pide Ramón al camarero.

Minutos después, pagan y se van. Al lado del coche hay una cabina telefónica y Cari le pregunta a Ramón:

– Oye, Ramón. ¿Por qué no llamas a tu casa para avisarles de mi llegada? Sería más correcto. ¿No?

– Bueno, si tú lo crees necesario... ¿Tienes monedas ahí?

– No hace falta, es una cabina de tarjeta. Mira, tengo una aquí.

Ramón entra en la cabina y a los pocos minutos sale, sonriente.

– No ha habido ningún problema, mi madre es genial.

10

Después del baño y la comida, Cari se queda dormida y cuando se despierta, ya están en Villajoyosa. La familia de Ramón vive en el centro y no es fácil atravesar la ciudad, que está animadísima y llena de gente. Hay vendedores de globos, de helados, de *palomitas de maíz* (20) y de *pipas* (21). Como son las fiestas del pueblo, la gente va muy bien vestida, sobre todo los niños, y Cari se acuerda de un comentario de Gisela: "¿Por qué disfrazáis así a los niños en España? Pobrecitos, no pueden jugar por miedo a mancharse..."

Los bares están llenos de gente y todo el mundo bebe vino o cerveza y pica cosas en la barra: patatas fritas, aceitunas, calamares, pinchos de tortilla... Cari recuerda otro comentario de Gisela. Decididamente, no puede dejar de pensar en ella: "¿Por qué los españoles en los bares lo tiráis todo al suelo, hacéis lo mismo en vuestras casas?".

– Qué cruz, Dios mío, qué cruz.

Pero Ramón interrumpe sus pensamientos.

– Esta noche hay desfile y tenemos que darnos prisa, porque luego cortan las calles y ya no pueden pasar los coches. Además, me tengo que vestir...

– ¿Vestirte de qué?

– Pues de Moro, ¿de qué va a ser? ¿No sabías que todos los años desfilo vestido de Moro?

– ¿Y por qué de Moro y no de Cristiano?

– Porque los trajes son más bonitos. Todos quieren ser Moros. Es un problema, porque no hay manera de encontrar Cristianos. Además en mi familia se es Moro de padres a hijos, pertenecemos desde siempre a una *Comparsa* (22) de Moros.

– Qué interesante.

Hay un silencio y Cari aprovecha para mirar por la ventanilla. Villajoyosa es una pequeña ciudad al norte de

Alicante, muy cerca de Benidorm, pero mucho más agradable y auténtica que Benidorm, monstruo de rascacielos al borde del mar, que mucha gente llama *Beniyork* por su semejanza con Manhattan.

Villajoyosa tiene un *casco antiguo* (23) muy pintoresco, con calles estrechas donde las ventanas de las casas están protegidas por rejas de hierro y hay ropa tendida que se agita al viento.

Al caer la tarde, los vecinos de este barrio popular sacan sus sillas a las calles *peatonales* (24) y se sientan a tomar el fresco y a charlar unos con otros. Las mujeres cosen o hacen punto, los niños juegan al balón y se divierten persiguiendo gatos y perros.

Cari piensa que en estos pueblos los viejos no están solos ni abandonados. Varias generaciones conviven juntas en la misma casa; no son ricos, pero seguramente son más felices que muchos ricos que viven completamente solos. Y recuerda a tantos viejos del norte de Europa que pasan en invierno por el Hotel Veramar, buscando el sol y con sus perritos como únicos amigos.

Muchas casas del casco antiguo tienen las fachadas pintadas de colores: azul, sepia, naranja, rojo, amarillo, marrón, formando un conjunto muy original que atrae a los turistas. Hay también placitas tranquilas con bancos para escuchar cantar a los pájaros. Hay muchas jaulas de pájaros colgadas de las fachadas, junto a los balcones, pero también hay muchos pájaros en libertad que cantan en los árboles porque justo en este momento se está poniendo el sol.

11

Ramón vive en una casa antigua que tiene un portal oscuro y fresco y balcones con rejas en la fachada. Suben al primer piso y Ramón llama a la puerta. La mujer que les abre tiene unos cincuenta años, lleva gafas, es gordita y tiene una cara simpática. Abraza a su hijo y después mira a Cari con ojos curiosos.

– Que no, mamá, que no... Que no es la novia que estás deseando para mí... No tengo ninguna gana de casarme, lo siento. Es una buena amiga, Cari, la recepcionista del hotel de Mojácar. Le apetecía conocer nuestras fiestas de Moros y Cristianos y... aquí la tienes.

La madre de Ramón se ríe.

– Has hecho muy bien en traerla. Pasa, pasa, hija. Estás en tu casa.

Ramón le presenta después a su padre y a Salvador, que tiene 15 años y está delante de la tele viendo un partido de fútbol, y a Blanca, que lleva ya una hora hablando por teléfono con su novio, dice rápidamente "¡Hola!" y sigue hablando en voz muy baja y con la cara hacia la pared.

– Ah, Ramón... Han llamado antes preguntando por ti.

– ¿Y quién era?

– No sé... Era una voz de hombre... Parecía extranjero y no demasiado simpático... Colgó sin decir su nombre ni despedirse. Ven, Cari. Te voy a enseñar tu cuarto, que es el de María José. Es la que está en

Estados Unidos haciendo el COU. Pobre hija mía, qué mal come allí, un desastre... Pero está aprendiendo mucho inglés y eso es lo importante. Hoy día todo el mundo tiene que saber inglés para tener éxito en la vida, no sé porqué.

Cari está de acuerdo. ¿Por qué el inglés y no el danés o el hebreo o el griego moderno?

– Estoy totalmente de acuerdo con usted.

Pero está demasiado cansada para hablar de temas serios y todo lo que desea es ducharse y refrescarse del calor del viaje. El cuarto de María José está lleno de pósters de cantantes de rock y de animales de peluche, y el cuarto de baño es fresco y agradable.

La larga ducha la relaja y después se cambia de ropa y de zapatos, se peina, se pinta un poco y se perfuma. Se siente como nueva cuando se dirige al salón y casi choca con un terrible personaje desconocido.

– ¡Ooooooooh!

– Mujer, soy yo, no te asustes... Soy Ramón. ¿No me reconoces?

Y es verdad, es Ramón disfrazado de Moro, con una larga túnica de raso rojo, babuchas, turbante y un impresionante sable en la mano. Lleva la cara pintada de negro y la barba y los ojos oscuros le dan el aspecto de un guerrero.

– Ay, Ramón, qué susto... Pero qué disfraz tan bonito.

– Y tan caro... No te puedes imaginar lo que vale esto. Mi comparsa es la de los "tuaregs", una de las más antiguas; pero hay otras de gran tradición: los "abencerrajes", los "sarracenos", los "bereberes"... hay muchas.

– ¡Ramón! –grita Blanca–. ¡Teléfono! Es para ti... Y date prisa, que me tiene que llamar Chimo.

– ¿Pero otra vez? –interviene el padre–. Si tenéis el teléfono bloqueado toda la tarde...

– Diga... ¿Cómo dice?... ¿Pero quién es usted?... Oiga... ¡Oiga!...

Han colgado.

– Debe de ser el de antes –dice la madre.

– Qué raro... Un tipo que no quiere decir quién es, qué raro...

Se oye música en la calle y Ramón mira el reloj.

– Voy a llegar tarde. Hasta luego, Cari. Desde el balcón lo verás todo mejor que en la calle. Te espero cuando termine el desfile, en la Plaza del Ayuntamiento... Blanca te explicará dónde es. Estarán allí también mis amigos.

– Hasta luego, Ramón, que te diviertas.

12

Cari se asoma al balcón. A ambos lados de la calle el *Ayuntamiento* (25) ha puesto sillas de madera, donde la gente puede mirar sentada el desfile, pagando cierta cantidad, o invitada, si pertenece a alguna agrupación de Moros y Cristianos.

Ramón tenía razón. Desde el balcón se ve todo estupendamente. Se oye una música de trompetas y tambores y

empiezan a desfilar los músicos y también niños vestidos de Moros y Cristianos, niñas disfrazadas de odaliscas, la Reina Mora con su corte, la Princesa Cristiana con sus damas y, por fin, las primeras comparsas de Moros y Cristianos.

Avanzan en filas horizontales, codo con codo. En cada *fila,* o *"filá"* (26) en valenciano, hay unos diez o doce hombres, con magníficos trajes, precedidos por el capitán de la comparsa que mira hacia los balcones, haciendo reverencias y saludando.

– ¿Y por qué saluda con tanta amabilidad? –le pregunta Cari al padre de Ramón, que está a su lado en el balcón.

– Porque intentan seducir al pueblo que han conquistado. Todo esto representa la llegada de los árabes a las costas de España... Han desembarcado y desean seducir a los habitantes, para dominarlos fácilmente. ¿Comprendes?

– Ah, sí... Y ¿Por qué fuman *puros* (27)?

Cari tiene razón, casi todos llevan en la boca o en la mano un impresionante puro de cuarenta o cincuenta centímetros.

– La verdad es que no lo sé. Es la tradición. Un buen capitán de comparsa jamás desfilaría sin su puro en la boca. Los fabrican especialmente para estas fiestas, ¿sabes?

Y una vez más, Cari piensa en Gisela y se imagina su pregunta falsamente ingenua.

– ¿Y por qué fuman tanto los españoles? Es malo para la salud. Para el que fuma y para los demás. Los demás somos fumadores pasivos...

Menos mal que no está aquí, suspira Cari con alivio.

Pasan ahora los Caballeros Cristianos a caballo y los

caballos hacen pasos complicados y artísticos en la calle estrecha. A veces se levantan sobre las patas traseras y permanecen así unos instantes. La gente entonces aplaude.

– ¿No es peligroso? –y Cari piensa "me estoy pareciendo a Gisela".

– No, no suele haber accidentes. Son excelentes *jinetes* (28). El último día de fiestas habrá una batalla en el castillo entre Moros y Cristianos y al final, como todos los años, los Cristianos son los vencedores y los Moros son expulsados al mar. Se marchan por donde vinieron.

– Qué pena.

– ¿Por qué?

– No sé, *me caen mejor* (29) los Moros.

Cari observa que todos, absolutamente todos, llevan barba y casi todos son morenos.

– ¡Allí viene, allí viene! –grita Salvador que ha abandonado momentáneamente el partido de fútbol para ver a su hermano.

– ¿Cuál es, cuál es? –pregunta Cari, porque todos los hombres de la "filá" le parecen idénticos.

– El segundo por la derecha, al lado de ese tío tan alto. ¿Lo ves?

– Pero... ¿Quién es el alto? No es de la comparsa, no lo conozco... Qué tío más raro –pregunta el padre.

En efecto, es mucho más alto que todos los demás y, debajo del turbante, se le adivina que es pelirrojo.

– Yo tampoco lo conozco –dice la madre–. ¿Quién es ese chico?

Ramón, al pasar bajo los balcones de su casa, levanta los ojos y saluda a su familia, pero Cari no lo está mirando. Sólo tiene ojos para el pelirrojo. De repente, ve algo que brilla en su cuello, un pequeño león de oro colgando de una cadenita... ¡La Secta del León!

13

Lo comprende todo instantáneamente y, sin decir nada, corre hacia la escalera, baja los escalones de dos en dos y llega a la calle justo en el momento en que el pelirrojo va a clavar un *puñal* (30) en el pecho de Ramón.

–¡Cuidado, Ramón, cuidado! –grita, al mismo tiempo

que empuja al pelirrojo, que pierde el equilibrio.

La gente grita, sin comprender nada. Ramón exclama:

– ¡Es él, es el novio de Sally!

Pero no puede perseguirlo, por culpa del larguísimo manto y de las babuchas que lleva. Imposible correr con ese disfraz. La "filá" se ha desorganizado completamente y el pelirrojo huye por una pequeña calle lateral, gritando:

– ¡Lo mataré, lo mataré!

Cari, que es muy atlética y corre muy deprisa, lo persigue, atraviesan calles estrechas y desiertas, porque todo el mundo está viendo el desfile. A lo lejos se oye la música y todo parece haber vuelto a la normalidad. Llegan por fin a un aparcamiento de coches y el pelirrojo se para de repente, se vuelve y la mira. Cari siente un miedo terrible y se para también. ¿Qué va a pasar? Es un hombre alto, fuerte, y además lleva un puñal. Cari se desliza entre dos motos para protegerse y le grita:

– ¡Deja en paz a Ramón, no le importa nada Sally, vete con ella y déjalo tranquilo! ¿Me entiendes?

Pero él no parece comprender... Y él es ahora el perseguidor. La mira con ojos de loco y Cari tiene cada vez más miedo. "¿Habrá avisado alguien a la policía? Cuando lleguen, será demasiado tarde. Estoy completamente loca ¿Por qué me he metido en este *lío?*" (31) Intenta esconderse entre dos motos y se da cuenta de que una de ellas es una gran Yamaha 1100, idéntica a la de Eneko y, además, con *matrícula* (32) de San Sebastián... Pero no es posible, Dios mío. ¡Es la moto de Eneko!

¿Qué hace Eneko en Villajoyosa?

El pelirrojo avanza ahora lenta y peligrosamente hacia Cari, que cierra los ojos, aterrada.

"Dios mío... Que venga Eneko, que venga..." y se esconde detrás de la Yamaha.

Oye un grito terrible y grita ella también. Piensa que va a morir y abre los ojos temblando. Pero... ¡No es posible, está soñando!

Sí es posible, Eneko está allí, sujetando el brazo del pelirrojo con una llave de kárate. El grito fue un grito de dolor.

En ese mismo momento se oye la sirena de la policía y aparece un coche patrulla a toda velocidad.

–¡No te muevas, Cari, puede ser peligroso!

Cari piensa que Eneko es el chico más maravilloso que conoce, pero... ¿Qué hace Eneko en Villajoyosa?

Del coche patrulla sale Ramón, vestido de Moro, y corre hacia Cari.

– ¡Me has salvado la vida, Cari, eres fabulosa! ¿Cómo has adivinado que era Ben?

Mientras la policía le pone las *esposas* (33) al pelirrojo, Eneko ayuda a Cari a subirse a la moto y mira a Ramón con *cara de pocos amigos* (34).

– Totalmente de acuerdo, es fabulosa, pero ahora se viene conmigo.

– Pero Cari, mis amigos nos están esperando...

Cari no tiene tiempo de contestar, porque el motor de la Yamaha ruge y la moto corre ya camino de la autopista.

14

Cari comprende de repente por qué está Eneko en Villajoyosa: está celoso de Ramón y los ha seguido hasta aquí... ¡No es posible, Eneko celoso!

– ¿Adónde vamos, Eneko?

– Al camping de Villajoyosa, donde he plantado mi tienda esta tarde. No quiero que vuelvas con esa gente...

– Pero si son encantadores...

– Y peligrosos también.

Ramón los ve alejarse, desilusionado, pero la policía le pide que suba al coche para prestar la declaración.

Por la carretera, Cari se abraza a la cintura de Eneko, para no caerse.

– Dime, Eneko. ¿Quién cocina esta noche en el Veramar?

– Esta noche, Cari... Buffet frío. Lo he dejado todo preparado antes de marcharme: ensalada de aguacates, endibias rellenas de roquefort, cocktail de gambas, melón con jamón, y... ¿No te imaginas qué más?

– Ni idea.

– Pues gazpacho.

Cari, con la velocidad, no oye bien.

– ¿Qué dices?

– ¡Que he preparado también gazpacho! No se lo digas a nadie, pero le he copiado la receta a Arguiñano (35) y me ha salido riquísimo.

– ¡Oh, Eneko, te quiero!

Los cabellos de Cari vuelan al viento y se siente feliz. Pero de pronto le parece oír la voz de Gisela.

– ¡Oh, Cari! ¿Por qué muchos españoles no se ponen el casco cuando van en moto? No son disciplinados ...

– Qué cruz, Dios, mío, qué cruz.

Altea. Verano de 1994.

NOTAS EXPLICATIVAS

(1) **Meter alguien la nariz donde no le importa** o **donde no le llaman**. Ser indiscreto, mezclarse en asuntos ajenos.

(2) **Ayudarte**. El **tuteo** es muy frecuente en español. Seguramente, la empleada de la agencia es joven como Cari y en este caso el tuteo se impone, incluso entre desconocidos.

(3) **Rías**. Brazos de mar que penetran en el interior de las costas, como los fiordos. Fenómeno frecuente en Galicia, al noroeste de España.

(4) **UCLA**. *Universidad de California*, Los Angeles.

(5) **Regaliz**. Golosina muy negra y azucarada que suelen masticar los niños.

(6) **Hamburguesa**. Traducción de "hamburger". *Hamburguesería* es el lugar donde se venden las hamburguesas.

(7) El **tuteo** se justifica aquí por las mismas razones que en la nota 2.

(8) **Marcha. Tener marcha, llevar marcha**, etc. En lenguaje coloquial juvenil: diversión, animación, actividad, dinamismo.

(9) **Moros**. En España es frecuente llamar Moros a los Árabes. Puede ser despectivo o no, según el contexto.

(10) **COU**. *Curso de Orientación Universitaria*. Curso previo a la entrada a la universidad que hacían los estudiantes antes de la actual reforma educativa; se podía hacer en los Estados Unidos por convalidación.

(11) **EEUU**. *Estados Unidos de América.*

(12) **Corte**. **Dar corte** o **cortarse**. Encontrarse incómodo en una situación embarazosa, no atreverse a hacer algo por timidez o vergüenza.

(13) **Total**. El adjetivo *total* se emplea en la lengua coloquial con el valor adverbial de "completamente o absolutamente".

(14) **Estar para chuparse los dedos** o **estar de rechupete**. Se dice cuando algo está muy sabroso o bien cocinado.

(15) **Sin cinco. Estar sin** o **no tener ni cinco céntimos**. No tener dinero.

(16) **Roquetas de Mar**. Localidad de la costa de Almería donde la Universidad de Madrid celebra parte de sus cursos de verano.

(17) **Peaje**. En las autopistas españolas el conductor debe pagar cierta cantidad por cada kilómetro recorrido. Se puede pagar en metálico o con tarjeta de crédito.

(18) **El Corte Inglés**. Cadena de grandes almacenes con sedes en las prin-

cipales ciudades españolas.

(19) **Chiringuito**. Pequeño bar restaurante al aire libre, generalmente en el campo o en la playa.

(20) **Palomitas**. Granos de maíz tostado que se abren mediante el calor.

(21) **Pipas**. Semillas de girasol que comen principalmente los niños y jóvenes como golosina.

(22) **Comparsa.** Grupo de personas, que vestidas del mismo modo, participan en carnaval o en otras fiestas, como por ejemplo, en la de Moros y Cristianos.

(23) **Casco antiguo**. Barrio antiguo en el interior de una ciudad.

(24) **Peatonal**. Solo para peatones, prohibido al tráfico de vehículos.

(25) **Ayuntamiento**. Edificio donde se celebran los actos municipales, presididos por el alcalde.

(26) **Fila**. Filá en valenciano. El valenciano es la lengua que se habla en Valencia y en su región, además del español.

(27) **Puros**. Cigarros puros (habanos).

(28) **Jinete**. El que monta a caballo.

(29) **Caer (una persona) bien** o **mal a alguien**. Resultarle simpático o antipático.

(30) **Puñal**. Cuchillo corto y puntiagudo.

(31) **Lío**. Situación complicada.

(32) **Matrícula**. Número que deben llevar obligatoriamente los vehículos motorizados y que los identifica.

(33) **Esposas**. Anillos metálicos que usa la policía para inmovilizar las manos de los detenidos.

(34) **Tener cara de pocos amigos**. No manifestar ninguna simpatía.

(35) **Karlos Arguiñano**. Famoso cocinero vasco, muy conocido por sus programas gastronómicos en la TV y por sus libros de cocina.

¿HAS COMPRENDIDO BIEN?

Capítulo 1

1. Completa con las informaciones que faltan:

Cari es la .... del Hotel Veramar. Su director se .... Don José. Le ha .... una semana de vacaciones, pero Cari no sabe .... ir, porque no .... dinero y, además, no puede hacer un .... tan largo.

2. Termina las siguientes frases:

➪ A Don José le parece que Cari trabaja ....

➪ Cari trabaja en el Hotel Veramar durante el verano para ....

➪ Cari quiere disfrutar de la semana de vacaciones con unos días de ....

3. ¿Por qué no quiere Cari visitar a las amigas de su madre? Señala lo correcto y añade otros motivos para completarlo.

❏ porque son muy mayores.

❏ porque son antipáticas.

❏ porque son demasiado curiosas.

❏ porque ....
....

Capítulo 2

1. Señala con una cruz la respuesta correcta:

La empleada de la agencia propone a Cari,

- ❑ un viaje a Suramérica.
- ❑ una semana de trekking en el Himalaya.
- ❑ ir a Disneylandia.
- ❑ un viaje a Galicia.

2. Responde a las siguientes preguntas:

- ❑ ¿Por qué no quiere Cari ir a Galicia?

  ....

- ❑ ¿Llueve mucho en tu país?

  ....

- ❑ ¿Qué tipo de clima prefiere Cari?

  ....

- ❑ ¿Y tú?

  ....

Capítulo 3

1. ¿Verdad o mentira?	**V**	**M**
Gisela es norteamericana.	❑	❑
Gisela no es muy miedosa.	❑	❑
Gisela es una gran pianista.	❑	❑
Gisela es muy elegante.	❑	❑

2. Lee atentamente el siguiente resumen:

"Gisela no le da mucha importancia al aspecto, aunque cree que hay que vestirse según las ocasiones. No tiene mucha ropa en su armario, pero siempre cuenta con un par de trajes para las ocasiones. Gisela cree que los europeos son muy complicados y a ella le gustan las personas sencillas y responsables."

❑ ¿Estás de acuerdo con su contenido? ....

❑ ¿Cómo harías tú un resumen sobre lo que piensa Gisela? ....

....

❑ ¿Cuál es tu opinión sobre los europeos? ¿Y sobre la forma de vestir? ....

....

3. Di todo lo que sepas hasta ahora de Cari:

- Origen: ____________________________
- Profesión: ____________________________
- Edad: ____________________________
- Físico: ____________________________
- Problemas: ____________________________

4. ¿Sabes tú ya quién es Regaliz? Corrige la información del siguiente resumen:

"Regaliz es el perro del hotel. Tiene los ojos verdes y vive allí con su madre. Es muy importante para los trabajadores del hotel."

Capítulos 4 y 5

1. Completa las siguientes fichas con los datos que ya tienes de: Eneko:

- Ciudad de origen: ____________________
- Edad: ____________________________
- Profesión: ____________________________
- Gustos: ____________________________
- Carácter: ____________________________
- Lengua materna: ____________________

Ramón:

- Ciudad de origen: ____________________
- Edad: ____________________
- Profesión: ____________________
- Gustos: ____________________
- Carácter: ____________________
- Lengua materna: ____________________

2. Combina los elementos de las cuatro columnas:

Cari	está	en	Andalucía.
Gisela	es	Ø	un gato.
Eneko			vasco.
Hotel Veramar			estudiando.
Regaliz			Alicante.
Villajoyosa			California.

3. Completa el siguiente resumen:

La fiesta de "Moros y Cristianos" recuerda la llegada de los árabes a España. Se celebra .... muchas pequeñas ciudades .... la provincia .... Alicante y muchos de sus habitantes se disfrazan .... Moros y .... Cristianos, ... desfilar .... las calles.

Capítulo 6

Gisela no puede comer su Giant Burger, ¿cuál es la propuesta de Eneko para cenar? ....
Descríbela. ¿Conoces todos los ingredientes? ....
....
¿Le gusta a Eneko la cocina americana? ¿Y a ti? ....
....

Capítulos 7 y 8

1. Responde a las siguientes preguntas:

- ❑ Cari está sin cinco, ¿cómo lo soluciona? ....
....
- ❑ ¿Qué es lo que Cari piensa de la vida moderna? ¿Por qué? ....
....
- ❑ ¿Qué es lo que piensas tú de la vida moderna? Compárala con la de tus padres...
....

2. ¿Verdad o mentira?

	V	M
A Ramón le gusta el nivel de principiantes.	☐	☐
Ramón también aprende con sus alumnos.	☐	☐
Sally parecía interesarse por Ramón.	☐	☐
Ramón y Benjamín se hicieron amigos.	☐	☐

Capítulos 9 y 10

1. El gazpacho es una especialidad de la cocina del sur de España. Hay diferentes formas de prepararlo, de las que hay descritas, ¿cuál prefieres?, ¿con qué ingredientes? ¿Conoces otras recetas de la cocina del sur?

2. ¿Cómo te imaginas Villajoyosa? Descríbela en cinco frases.

➪ ....

➪ ....

➪ ....

➪ ....

➪ ....

Capítulo 11

Combina los siguientes elementos para indicar la relación que existe entre los personajes:

es de	el/lanovio/a el/la hermano/a el/la amigo/a el profesor el jefe	Blanca Ben Cari Ramón Cari Don José Blanca Sally Chimo Mª José

Capítulos 12 y 13

1. ¿Verdad o mentira?	**V**	**M**
Los "Moros" nunca fuman cuando desfilan.	☐	☐
Gisela piensa que fumar es malo para la salud.	☐	☐
Todos los "Moros" llevan barba.	☐	☐
Ben es rubio.	☐	☐
Ben quiere matar a Ramón con una pistola.	☐	☐
Cari persigue a Ben en moto.	☐	☐
La moto de Eneko tiene matrícula de San Sebastián.	☐	☐

Capítulo 14

1. Describe el menú que prepara Eneko la última noche.

¿Es una cena como todos los días?

----

2. Contesta las preguntas

- ¿Por qué está feliz Cari cuando se monta en la moto de Eneko? ....

  ....
- ¿Pasará Cari las fiestas de Moros y Cristianos en Villajoyosa? ....
- ¿Te gustaría poder estar en unas fiestas de Moros y Cristianos?..